조그만 호두나무 상자

시작시인선 0341 조그만 호두나무 상자

1판 1쇄 펴낸날 2020년 7월 20일
1판 2쇄 펴낸날 2021년 1월 4일
지은이 이나명
펴낸이 이재무
책임편집 차성환
편집디자인 민성돈, 장덕진
펴낸곳 (주)천년의시작
등록번호 제301-2012-033호
등록일자 2006년 1월 10일
주소 (03132) 서울시 종로구 삼일대로32길 36 운현신화타워 502호
전화 02-723-8668
팩스 02-723-8630
홈페이지 www.poempoem.com
이메일 poemsijak@hanmail.net

ⓒ이나명, 2020, printed in Seoul, Korea

ISBN 978-89-6021-503-0 04810
       978-89-6021-069-1 04810(세트)

값 10,000원

조그만 호두나무 상자

이나명

천년의 시작

시인의 말

오늘도 베란다에 나가 밤새 시들어버린 꽃을 따 내버린다
이 아침에 새로 피어오른 꽃이 나를 바라본다 꽃인 듯
그렇게 매일 시간이라는 화초를 매만지며 밤사이 죽어버린
나를 따 내버린다

내가 또 새로이 피어난다

지금 여기 이 자리
잠시 머문 듯 머물지 않는 저 모습들
허공에 띄워 보내는 이 누구인가

차 례

시인의 말

제1부

제4부

해 설

제1부

하산

양말을 벗고 계곡물에 두 발을 담갔다
금세 두 발목에 서늘한 물 금이 그어진다
발가락들이 흰 자갈돌이 되어 물속으로 데굴데굴 굴러간다
발등을 씻던 손가락들도 손가락만 한 물고기가 되어 찰방
찰방 물속에
숨어든다
물속을 들여다보는 내 두 눈도 희고 맑은 물방울이 되어
말똥말똥
흘러간다
전신에 물소리 소리 차오른다
어디에서 흘러온 내가 또 어딘가로 흘러 흘러간다

조그만 호두나무 상자

그날 고양이가 조그만 호두나무 상자 속으로 숨어들어 갔어요.

올해로 열여덟 살이었는데요. 한 며칠 허공을 딛는 듯 휘청휘청하더니

밥 대신 물만 조금조금 먹더니 몸을 아주 가볍게 만들더니 어둠 속에서

눈만 훤히 뜨고 나를 향해 무어라 무어라 마른 입술을 달싹였는데요.

나는 알아듣지 못하고 그만 잠이 들고 말았어요. 다음 날 새벽이 되어서야 보았지요. 애들이 죽으면 무지개다리를 건너간다지요. 그날 내 눈에는

보이지 않는 무지개다리가 어딘가 떠있었나 봐요. 그렇게 가벼워졌으니 새처럼 훌쩍 날아올랐겠지요. 그리고 벌써 넉 달이 지나갔네요. 앞으로도 넉 달이 지나가고 또 넉 달이 지나가고 또 넉 달이 지나가겠지요. 무지개다리

아래로 위로 여전히 시간은 흐물흐물 흘러가겠지요. 꼭꼭 숨어서 숨소리도

안 들리는 고양이는 저 있는 곳으로 제가 좋아하는 햇볕은 잘 불러들이고 있는지, 그곳으로도 제가 다닐 만한 길을 만들어놓고 겁도 없이 혼자 잘 돌아다니고 있는지, 나는 다

만 이곳에서 아무리 불러도 대답 없는 저쪽 세상에

귀를 기울이다가 어쩔 수 없이 고양이와의 모든 기억을 곱게 빻아 담은 조그만 호두나무 상자를 안방에 있는 유리 책장 안에 책들과 나란히 넣어두었어요. 나는 또 가끔씩 그 기억들을 꺼내 들고 고양이 이마를 비비듯 내 뺨에 가만히 비벼 보겠지요. 그렇게 시간을 흘려보내다 보면 결국, 그러니까

바로 내가 그 조그만 호두나무 상자라는 걸 깨닫게 되겠지요.

날이 갈수록 반질반질 닳아서 마침내 흔적 없어질 기억 상자라는 걸.

구름아파트 1902호

창밖에는 구름염소들이 한가롭습니다

매애애애 구름염소들이 서로 부르는 소리가 들리는 듯
합니다

반쯤 열린 창으로 들어오려던 구름염소 한 마리 바람의
손에 이끌려

되돌아가는 게 보입니다

가고 싶지 않은지 끌려가는 구름염소가 창 쪽을 향해 뿔
을 뾰족하게 내밉니다

무슨 할 말이라도?

꽃대를 들어 올린 화분들이 나란히 나란히 창밖을 내다
봅니다

잘 가! 하고 잎들을 흔듭니다

잘 가! 하고 나도 눈짓을 보냅니다

그대도 잘 가셨는지요

구름염소들 따라 잘 가셨는지요

그곳, 구름아파트 1902호에서 잘 사시는지요

어쩌면 이곳이 그곳인지요 아님

그곳이 이곳인지요 먼 데서

구름염소들이 매애애애 서로를 부르는 목소리가 들립니다
내 귓속이 짠해집니다

늦게 와도 괜찮아, 내가 기다리고 있을게
—천사에게

벌써 해가 지네. 그대는 아직 오지 않고 어디서 왔는지 유리창 밖으로 어둠들이 어슬렁어슬렁 돌아다니네. 노상 주차장에서 누군가를 기다리던 차들이 서둘러 전조등을 켜고 하나둘 빠져나가네. 나는 불빛 밝힌 찻집에 앉아서 되도록 천천히 책장을 넘기고 있네. 책장 위로 발발 기어다니는 개미 떼 같은 글자들은 오래 씹을수록 곤죽이 되네. 나는 그대를 오래 기다리고 있네. 괜찮아, 늦게 와도 돼. 내가 기다릴게. 뭐 그대를 기다리는 일인 걸. 이렇게 누군가를 기다린다는 건 나에게 누군가가 있다는 거잖아. 나는 오직 기다림을 위해 그대를 기다릴 수 있네. 여기 이렇게 느긋이 나를 앉혀 놓고 나만의 시간을 한 장 한 장 넘기고 있네. 도무지 알 수 없는 나를 곰곰이 음미하고 있네. 시간 속에서 발발 기어나오는 개미 떼 같은 글자들은 씹을수록 곤죽이 되고, 진국이 되고, 그래도 주머니 속에 남아 자꾸만 바스락거리는 남은 시간들 한 알 두 알 별 사탕처럼 꺼내 먹으며 그대를 기다리는 동안, 어둠 속으로 떠오르는 별별 기억들 찬찬히 녹여 먹는 동안, 아니 내가 벌써 이렇게 늙어 버렸네. 괜찮아 괜찮아, 시간은 달콤해서 한 올 한 올 하얗게 빨아 먹다 보면 마침내 내가 기다리는 기다림은 오겠지. 그래도 그대, 아직도 내 혀 밑에서 동글동글 굴러다니는 그대, 시간은 둥글고 시간은 둥글어서 굴렁쇠 굴리듯 시간을 굴려오고 있는 그대, 늦게 와도 괜찮아, 내가 기다리고 있을게. 나는 다만 그대를 따뜻이 녹여 가며 천천히 천천히 아껴 먹고 싶을 뿐이네.

병 속의 토끼

어두운 밤, 아파트 공터 나무 벤치에 혼자 앉아있었다. 갑자기 어둠 속에서 이상한 소리가 들렸다. 나는 사방을 둘러보았다. 저만치, 흰 망초 꽃대들 사이에 토끼 한 마리가 귀를 쫑긋 세우고 서있는게 보였다. 아니 네가 왜 그곳에 혼자 있는 거니? 토끼는 귀를 쫑긋거리며 집이 답답해서 도망쳐 나왔다고 했다. 나는 회갈색 털옷을 입고 유난히 귀가 긴 토끼가 마음에 들었다. 나도 마침 집 안이 답답해서 바람을 쐬러 나온 터였다. 우리는 서로 마음이 통했다. 나는 밤마다 낮에 뜯어 모은 씀바귀와 민들레 잎을 가지고 토끼를 만나러 갔다. 토끼는 잎사귀마다 짜장처럼 검은 어둠을 골고루 발라 맛있게 먹었다. 잎사귀를 씹는 소리가 유리알처럼 맑았다. 그 소리가 듣기에 참 좋았다. 세상에 이런 행복한 만남도 있구나. 토끼와의 만남은 계속되었다. 어느 날엔 토끼가 내 검지손가락을 꼭 물었다. 피도 났다. 무슨 징조일까? 또 어느 땐 내 발을 가지고 놀다가 운동화 끈을 싹둑 잘랐다. 어느 땐 땅굴을 파 들어가며 제 통통한 엉덩이를 보여 줬다. 또 입을 딱 벌리고 하품을 하며 크고 하얀 앞니 두 개를 자랑스레 보여 줬다. 또 여기저기 까만 콩자반 똥을 한 줌씩 흘려놓기도 했다. 다시 여름이 왔다. 그 여름 비가 억수로 쏟아지던 밤, 놀이터 미끄럼틀 밑에서 비를 피하던 토끼가 밤사이 사라졌다. 토끼가 앉아있던 자리엔 먹다 남은 풀잎들이 오들오들 시들어있었다. 근 일 년간의 만남이었다. 행복과의 만남이었다. 토끼는 다시 나타나지 않았다. 매일 토끼가 놀던 곳을 찾아가 기다려보았지만 토끼는 오지 않았다. 아니 왜 너는 나에게 말도 없이 어디로 간 거니? 토끼가 떠나고 나는 그리움이라는 이상한 병에 시달렸다. 눈이 아프고 귀가 아팠다. 이건 또 무슨 흔적일까? 나는 그리움의 병을 가슴속에 품었다. 병 속의 토끼를 품었다.

블랙홀

한 몸이 된 잠자리 한 쌍이 수면 위를 날며 꽁지를 물에 담갔다 뺐다 담갔다 뺐다 한다

할미새 한 마리 물가에 날아와 노랑 날개깃을 파닥파닥 씻는다 날개를 파르르 털고 꽁지깃을 까딱까딱한다 휘리릭 어딘가로 재빨리 날아간다

오리 두 마리 물 위로 정답게 떠간다 마주 보기도 하고 물 속에 머리를 함께 넣어보기도 하면서

물 가장자리엔 고마리 여뀌들이 꽃대를 들고 지금 한창 분홍 물감을 길어 올리고 있는 중이다

어린 버드나무 한 그루 지난 폭우에 비스듬히 기울어진 허리를 펴서 중심을 잡으려고 애쓰고 있다

산보 나온 강아지가 목줄을 잡은 할아버지와 함께 걷는다 할아버지가 조금씩 뒤처진다 강아지가 흘끗 뒤돌아본다 어 영차 어영차 목줄을 당겨 할아버지를 끌고 간다

움직이거나 움직이지 않는 것들이 열심히 보여 주고 있는 이 모든 풍경들이 내 검은 눈동자 속으로 순간순간 빨려 들어온다

그 속의 깊이를 알 수 없는 나는 거대한 블랙홀이다

비 오는 소리

천변의 풀숲에 촉촉촉 빗방울 꽂히는 소리

풀잎마다 빗방울들 되받아치는 소리

풀잎들이 손을 저으며 고개를 끄덕이며 받아먹은 빗물을

다시 아래로 쭈르르륵 흘려보내는 소리

우산을 쓰고 천변을 걷고 있는 내 귀에 들리는 소리

누군가 내 속에서 울고 있는 소리

나는 울고 있지 않은데 누군가 내 속에서 혼자 울고 있는 소리

'우는 건 우리 영혼이 샤워를 하고 있는 거예요*

내가 듣고 있는 내 속 울음소리

비 오는 소리

* 영화 〈젤리〉 중에서.

허공에 묻다

거기 꽃이 피었습니까
볼이 빨갛습니까
발끝이 바닥에 닿았습니까
물이 흐르고 있습니까 숨차게
물방울들이 뛰어갑니까
발꿈치를 때립니까
울음소리가 크게 들립니까
양쪽 뺨이 얼얼합니까
핏줄이 팽팽하게 당깁니까
심장이 고동을 칩니까
파문은 어디까지 갔습니까
그곳이 불편합니까
소감을 말해 보겠습니까
대답을 들었습니까
나무들은 다 어디로 간답니까
방향은 있습니까
거기 무엇이 보입니까
보인다고 다 보입니까
보았다고 다 아는 것입니까
도대체 아는 것은 다 어디에 쓴답니까

그러니까 빨간색이 맞습니까

믿을 수 있습니까

산도 옮겨 심었습니까

나무들이 잎을 피웠다 떨구는 작업을 계속합니까

살았다 죽었다 합니까

내가 죽어야 내가 삽니까 그래서

허공에 목을 맸습니까

허공이 나를 끌어당겨 줍니까

죽여줍니까 도대체

죽은 나는 왜 꽃병에 꽂아놓았습니까

그것도 사랑입니까

끝이 없습니까

나는 내가 오래전에 한 일을 알고 있다

새들을 길러본 적 있다
며칠 방심하다가 새장 속에서 입을 쩍쩍 벌리고 죽어있는
새들을 본 적 있다
그러니까 내가 새들을 새장 안에 가둔 채 굶겨 죽인 적 있다
어떻게 이렇게 잔인한 짓을 한 적 있다
그때 쩍쩍 벌어지던 내 가슴 통증도 내가 한 짓이다

오래전에 내 속에 묻힌 죽은 새들이 아직도 입을 쩍쩍 벌
리고 나를 올려다본다
막무가내 내 머릿속을 쪼아대곤 한다
정신 차려! 느슨해진 내 정신 줄을 바짝 잡아당긴다
매사 자책의 새장 안에 갇힌 나를 매질하느라 푸드득푸드
득 날갯짓한다

공중에 마음 놓고 날아다니는 새들을 볼 때마다
나는 멍청히 서서 허공을 바라보는 버릇이 생겼다
이제 그만 내 속의 새장을 깨부수고 새들을, 아니 나를
저 허공 속으로 훨훨 날려 보내고 싶다
내 속의 나를 꺼내 놓아주고 싶다

새벽이 훤해진다

새벽부터 시끄럽게 떠드는 소리 들린다

자작나무 가지에 직박구리 한 마리 앉아서 뭔 할 말이 많은지

이쪽 가지에서 저쪽 가지로 또 저쪽 가지에서 이쪽 가지로
뾰족뾰족 소리를 옮기고 있다

나무는 참을성이 많은지, 또 귓속이 아프지는 않은지, 아니
귀를 아주 닫아버렸는지

아무튼 뚫렸다고 다 귓속은 아니지

막무가내 지껄여대는 저 직박구리 한 마리, 끊임없는 저 지
껄임을 통째
손아귀에 움켜쥐어 짜내 버리고 싶다

새벽이 훤해진다 훤해진 내 속이 허공 속이다

밑 빠진 독이다

소리가 다 빠져나간다

해 지기 전

조그만 비닐봉지 하나 풀밭에서 놀고 있다

겅중겅중 뛰며

딩굴딩굴 구르며

노란빛 얇은 비닐이 몸의 전부인 비닐봉지

한때 가득 채웠던 속의 내용물들 언제 다

비워 냈는지

벌린 입안 가득 바람을 머금고 놀고 있다

쥐똥나무 울타리에 매달린 분홍 메꽃들

동그랗게 외눈 뜨고 내다보는 세상 놀이터

조그만 비닐봉지 하나 놀고 있다

>

저 혼자 즐거워 놀고 있는 아이처럼

해 지기 전 누군가 데리러 올 아이처럼

껑충껑충

딩굴딩굴

놀고 있다

그렇게 한참을 그곳에서

누군가 저를 보고 있는 줄도 모르고

연인들

노란 은행잎들 팔랑팔랑 날아내리는

공원 벤치에 두 사람 앉아있네

허허로운 공중에서 잠시 바람 일고

구두코에 떨어지는 은행잎 같은 말들

구둣발에 밟히는 아득한 말들

구둣발 아래 지그시 눌려 침묵하는 말들

우리들 팔랑팔랑 돌아다니던 세상

나비 날개 접듯 살폿 접고 나면

현란한 저 노란빛들 흙 묻어 흙빛 되어 오래 섞이네

먼 세상 누군가의 뇌리 속에 숨어있는 한 장면인 듯

공원 벤치에 두 사람 앉아있네

첫사랑

저 희고 둥근 보름달
입가엔 엷은 웃음을 머금고
눈가엔 숨은 그늘을 내비치네

중천에 오롯이 떠서 변함없이 나를 내려다보네
내가 마주 올려다보면 얼굴 가득
환한 광채를 띄우네

옛날이나 지금이나 하나도 변하지 않았네
그때나 지금이나 한 마디 말이 없네
서로 바라만 보네
하염없네

담비를 찾아서

한겨울 눈 내린 담비의 숲으로 가자
한 마리 겨울 토끼가 눈 속을 파헤쳐 캐낸 연한 나무뿌리
를 오독오독 씹고 있는
눈이 까만 들쥐가 눈 속으로 굴을 파며 도망가는
깊은 눈 속에 발이 빠진 암꿩이 퍼덕이다 퍼덕이다 오도
가도 못하는
담비의 숲으로 가자
배와 등에 노란 털이 빼곡하고 얼굴과 엉덩이와 꼬리가
까만 담비와 함께
나도 배가 고프면 눈 위로 힘겹게 토끼를 쫓고
눈 속에 굴을 파고 가다 무서워 숨죽이고 숨어있는 들쥐
를 잽싸게 파 먹고
깊은 눈 속에 발이 빠져 퍼덕이는 암꿩을 단숨에 입으로
물어보자
먹이를 쫓다 눈이 깊어 힘이 들면 나무를 타고 올라 나무
와 나무 사이를 건너
뛰고 나뭇가지와 나뭇가지 사이로 내려다보이는 저 희디
흰 산등성이, 발자국 하나
없는 저 적막의 산등성이 위로 화들짝 뛰어내려 보자
폭폭 발자국을 찍으며 거칠게 거칠게 뛰어가 보자

생채기가 지겠지 찢긴 적막의 생채기를 덮으려 흰 눈이
또 소리 없이 내려와 덮어주겠지

담비의 숲에서 담비가 하는 대로 담비 짓을 하다 보면 나
도 담비에 도가 트겠지

담비의 속 내가 훤히 보이겠지 아, 한생이 꿈처럼 지나
가겠지

담비의 똥처럼, 아주 짧게 나의 한 생이 하얀 눈 속에 똑
떨어져 묻히겠지

내가 왔다 간 흔적도 가뭇없이 지워지겠지

꿈을 꾸었다

꿈속이었다

어디서 온 하얀 말이 내게 등을 내밀었다

나는 냉큼 올라탔다

나를 데리고 말이 어디론가 가고 있었다

타박타박 내딛는 말의 하얀 발소리가 듣기에 좋았다,

바위들 사이로 물빛이 하얀 계곡물이 흘렀다

나는 잠깐 말에서 내려와 하얀 계곡물에 손을 담갔다

어디서 와서 어디로 가는지 물에게 묻지 않았다

묻는다고 다 대답하는 건 아니었다

대답이 없다고 다 알아들을 수 없는 건 아니었다

물이 저 혼자 똘랑똘랑 부르는 노랫소리가 대답처럼 나를 일으켜 세웠다

말 등이 나를 재촉했다

타박타박 말발굽 소리가 나를 데리고 또 어딘가로 갔다

초가집 한 채가 보였다 나는 허름한 울타리에 달린 삽작문을 밀고 안으로 들어갔다 방금 꿈에서 깬 듯 눈을 비비며 반백의 노인이 나왔다

"말 없는 말과 말하는 침묵을 배우러 왔어요" 나는 말했다

"그런 것 모르니 그만 가보시오" 노인이 귀찮은 듯 대답했다

하긴 말 없는 말과 말하는 침묵을 어찌 말로 들을 수 있을까

나는 다시 말 등에 올라타고 집으로 돌아왔다

꿈을 깨고 일어나니 벌써 창문 앞에 하얀 아침이 와있었다

아침의 등이 반짝반짝 빛나고 있었다

나는 냉큼 올라탔다

어디로 가느냐고 물을 필요가 없었다

다시 꿈속이었다

Moon

사이
대문 빗장 살그머니 열리는 소리

사이
대문 빗장 살그머니 닫히는 소리

밤새도록 쌓이는 달빛을 밟으며 어머니는
어디 먼 데로 외출하시고

새벽녘 잠결에 듣는다

누군가 둥근 달 항아리 뒤에서 훌쩍이는 소리
누군가 코도 힝 푸는 소리

먼 그 밤에 외출하신 어머니는 아직 안 돌아오시고
소복이 배부른 봉분 하나 둥싯둥싯
하늘 천장에 떠있는 밤

제2부

한없는 자리

새 꽃망울이 올라온다

그 옆에서 시든 꽃 한 송이가 바닥으로 툭 떨어져 내린다

잘 봐라 아가야

새 꽃망울이 첫 눈을 뜨고 분홍빛 세상을 내다본다

잘 봐야 해 아가야

사라지는 모습이 얼마나 깔끔한지
새 꽃망울을 위해서 비켜준 자리가 얼마나 넓고 환한지

그 자리야 아가야
네가 왔고 또 네가 가는 자리
한없는 자리

바로 네 자리야

투명 고양이

고층 아파트와 아파트 사이
자동차 도로 한편에
작은 털외투 하나 찢긴 채 버려져 있다

(고양이는 어디로 갔을까)

지나가던 바람이
마른 풀 같은 잔털들을 뒤적거리고 있는
보도블록 위에서 나는 잠시
높은 허공을 응시한다
투명한 허공중에서 둥근 낮달 하나
엷은 눈빛으로 나를 내려다보고 있다

한때 반지르르 윤기 흐르던 털외투
아무렇게나 벗어 던지고
고양이는 발가벗은 채 어디로 갔을까

저 허공 속
발가벗은 고양이는 너무 투명해
눈에 보이지 않는다

\>

보이지 않는 투명한 것들이
유심히 나를 보고 있다

늙은 매미

양 날개는 양 옆구리에 엉성히 붙이고

앞의 네 발은 허공에 띄운 채

두 뒷발로만 겨우 문턱을 붙잡고 있는

세상에서 떨어져 내리기 직전의 너를 본다

우매한 내가 어찌해 보고자 유리창을 탕탕 두드리며

너를 깨우려 한다

네 앞발들이 조금 움직여 허공을 잠시 바득바득 긁는다

(무슨 말을 하고 있는 걸까)

허공은 아무 소리도 들려주지 않는다

유리창 밖의 세계와 유리창 안의 세계가

\>

눈이 딱 맞아떨어진 이 시간에

죽음은 아주 가까이서 잠깐 숨을 죽이고

나를 들여다보고는 휙 사라졌다

아무 자취도 없는 내 안의 허공중에서

누군가의 발가락질이 가물가물 느껴진다

바람호수

누가 저 물결들 한 골 한 골 주름 잡아 꿰매고 있네

누가 다 꿰맨 실크 주름치마 같은 물결들 다시 차르르르

펼쳐놓고 있네

주름 칸칸마다 빛과 그늘 무늬네

무늬마다 높낮이가 고른 세상이네

속 맑을 때나 탁할 때나 한결같은 물 주름이네

그 빛과 그늘의 나눔 흐트러지지 않네

누가 물의 거친 숨결 깊은 소용돌이 자금자금

숨죽여 놓고 있네

마음 다독여 말랑한 물의 마음으로 솔기솔기 다잡아

>

모으고 있네

해묵은 내 마음 몽땅 호수 물에 담가놓고 있네

개화開花

동안거 막 끝내고 나오신 스님 얼굴빛 참 맑으시다

산은 산이라 깨치시고 물은 물이라 깨치셨는가

겨우 내 무쇠 같은 검은 나무둥치를 두드려 깨고 나와

처음 햇빛 환히 머금은 흰 하늘빛.

만개한 매화나무 아래 한참 붙들려

저 향기 그윽한 하늘 법문을 한 모금 한 모금씩 들이마시다

나는 내가 무섭다

사마귀가 방아깨비 한 마리를 으적으적 씹고 있다
사마귀의 입속에서 방아깨비가 통째로 씹혀지고 으깨져
마침내 곤죽이 되고
또 무엇이 부족한지 사마귀가 나를 똑바로 노려보고 있다
날카로운 톱날 세운 두 앞발을 번쩍 들고 나를 노려보
고 있다

무섭다 정말

내가 맛있게 씹어 먹은 소와 돼지 그리고 닭과 오리들 또
물고기들이 줄줄이 눈앞에 떠오른다
그러니까 결국
나는 나를 반드시 잡아먹고 말 것이다

나는 내가 정말 무섭다

응답

하느님 하느님 하고 간절히 불렀다지요
하느님 하느님 대답 좀 해주세요
몇 날 몇 밤 간절히 간절히 두 손 모으고
두 귀를 모으니 마침내 어떤 소리가 들렸다지요

—네 안에 나 있다

하느님 하느님 내 안에 계시는 하느님
안 보이잖아요
거기 계시지만 말고 나와보세요
얼굴을 보고 싶어요
손도 잡아보고 싶어요
간절히 간절히 두 손 모으고 두 귀를 모으니 다시
대답하셨다지요

—나는 너다

뭐라구요 당신이 나라구요 아이구 하느님
말도 마세요
당신이 나라니요

>
—그래 네가 나다 그러니 나를 보려면
너 자신을 잘 들여다보아라

—거기 사랑이 있느냐

나무 의자

베란다에 나무 의자 하나 내다 놓았다

가끔씩 나가 앉아 어두운 밤 풍경을 내다보았다
밤의 불빛들이 우는 벌레들처럼 꿈틀거렸다
어둠의 속살이 발긋발긋 물어뜯기는 걸 보았다

아침 거실에서 보니
베란다에 나무 의자 혼자 앉아있다
차가운 타일 바닥에 네 가닥 무릎을 곧게 세우고
머리는 텅 비운 채

이상한 듯 훤해진 아침 속에서
간밤에 울던 어둠 속 벌레들은 다 어디로 갔는지
어둠의 상처들은 다 어디에 감췄는지

먼 산은 여전히 먼 곳이고
하늘 아래 집 지붕들은 여전히 높낮이가 다르고
베란다의 화초가 떨어뜨린 물색 고운 슬픔은 금세 말라
바닥에서 뒹굴고

>
아침 창문에 햇빛들이 날벌레들처럼 와 달라붙는다
저 꿈틀대는 빛들의 생생한 몸짓들
저 환하게 열린 공간 속에서

나무 의자 혼자 고요하다

병꽃 피었다

하늘 한 귀퉁이가 조금 찢어졌다

병꽃 피었다

하늘이 흘린 핏방울들이다

병꽃 피었다

누구도 함부로 꺾지 마라

손 다칠라

병꽃 피었다

숲 사잇길

산벚나무와 굴참나무 사이를 지나간다

너도밤나무와 물오리나무 사이를 지나간다

너와 나 사이를 너 같은 아니 나 같은 누군가 지나간다

저만큼 가다 흘끗 뒤돌아보는 누군가 푸르게 물든 물푸레
나무를 바라보고 또 키 큰 신갈나무를 바라본다

한 나무와 한 나무를 지나가는 짧은 시간에 또 한 나무와
또 다른 나무들이

손짓해 가리키는 가까운 시간에 너와 나 사이를 지나가
는 너 같은 아니

나 같은 누군가 저만큼에서 흘끗 뒤돌아보는 시간에 한
나무와 또

한 나무의 숨은 사잇길이 열리고 나는 아니 너는 지나간
다 다만 길은

지나가는 너와 나 그리고 다른 누구도 붙잡지 않는다

너를 본다는 건

산자락을 오르며 본다

소나무들이 가지런히 깔아놓은 솔잎 융단 위로 뒹구는 솔방울들, 그중

잘 마른 솔방울 한 개 주워 들고 들여다본다

너를 본다는 건 너에게 관심이 있다는 것

너를 좀 더 찬찬히 들여다보고 싶다는 것

왜? 어쩌다? 까칠까칠해진 너의 생을 열고 들어가 보고 싶다는 것

이제는 무방비로 열어젖힌 그 속을 속속들이 헤집어보고 싶다는 것

한 생을 끝낸 너의 갈피갈피 숨어있는 쓰리고 아팠던 또 조금쯤은 달고 맛있기도 했던

기억들 조심스레 꺼내어 보고 싶다는 것

단단히 여문 기억 한 알 입에 넣어 깨물어 보며 혀끝에 도는 알싸한 그 맛을 지그시

음미해 보는 것

생의 끝에 오는 이 단단한 침묵, 이 단단한 평안, 이 단단한 죽음을 온전히 느껴보는 것

그리하여 너를 본다는 건 너를 통해 나를 본다는 것

너에게 나에게 또다시 펼쳐질 한 세계를 지극히 받아들

인다는 것

어디서 오는지 나를 통과해 가는 바람 한 줄기 사부작사
부작 솔숲 사이를 지나간다

강아지와 하루

배변판 위의 똥오줌 치워주고 물그릇에 물 담아주고 밥그
릇에 밥 담아주고

산보시키고 목욕시키고 젖은 털 닦아주니 강아지가 왈왈왈

오늘 하루를 힘차게 짖는다

하얗게 이빨을 드러내고 핫핫핫 웃는다

오늘의 창공을 향해 빨간 공을 던져준다

(네가 제일 좋아하는 물건이지?)

강아지가 쫓아가서 물고 빨고 깨물고 걷어차고 굴리며 놀다

갑자기 무슨 생각이 났는지 빨간 공을 놓고 배변판으로
달려간다

벌건 대낮에 소나기 뿌리듯 뒷다리 한쪽을 들고 오줌을
뿌린다

(그건 누구한테 배웠니?) 아니 아니 아무 일도 아니라는
듯 돌아와

다시 빨간 공을 굴린다 한참을 굴리고 굴리다 싫증이 났는
지 바닥에 팽개친다

딩구르르 저 혼자 저만큼 굴러가던 오늘의 해가 벌겋게
물러져

서쪽 하늘 밑으로 툭 떨어진다

새 한 마리가

오늘 아침 잿빛의 조그만 새 한 마리가

아주 상냥하게 내게 말을 걸었어

삐욧 삐욧 삐요잇

아주 상냥하게 갸웃이 고개를 숙였다 들어 올리며

삐욧 삐욧 삐요잇

아주 상냥하게 꽁지깃을 반짝 들었다 내리며

삐욧 삐욧 삐요잇

아주 상냥하게 날개 한번 파드득 폈다 접으며

삐욧 삐욧 삐요잇

두 발의 발가락들 둥글게 구부려 나뭇가지를 꼭 붙잡고

곡예하듯 목을 빼 올리고

삐욧 삐욧 삐요잇

우주에서 날아온 새 한 마리가

지구에서 살고 있는 나에게

삐욧 삐욧 삐요잇

아주 상냥하게 말을 걸었어

산보 간다

메뚜기 한 마리 폴짝 뛰어 건너편 바랑이 풀잎에 가 매달린다

그쪽에 무슨 볼일이라도? 그쪽이나 이쪽이나 같은 바랑이인데 굳이 그쪽으로 건너간 이유는? 바랑이도 생긴 게 제각각이라 이쪽 바랑이에 싫증이 났나? 그쪽 바랑이가 더 좋아 보였나? 아니 지금 무슨 얘기야? 싫증이 났니 더 좋아 보였니 그런 얘기가 아니잖아! 메뚜기는 지금 단지 어디론가 움직여 가야만 했다구 마음을 움직여 몸을 움직여 가야만 했다구 산다는 건 움직이는 거잖아. 메뚜기는 지금 살고 있는 거라구 몸을 움직여 먹을 것을 구해 먹고 오장육부를 움직여 온몸에 피를 돌리는 거라구

집 안에서 몇 시간째 꼼짝 않고 앉아 시 잡지를 읽고 있다가 허리 어깨 목 팔꿈치가 아파 그만 책을 덮고 밖으로 나왔다

메뚜기가 폴짝 뛰어 건너편으로 건너가듯 나도 집 밖으로 뛰쳐나와 천변에 서있다 천변의 무성한 풀숲에서 살아 움직이는 시 한 줄을 읽고 있다

메꽃 줄기가 튼튼한 억새 대궁을 돌돌 감아 올라가며 분홍 메꽃을 방긋방긋 피워 놓았다

너희들 지금 연애하니? 그래 연애! 참으려야 참을 수 없

는 마음 운동이지

　피가 펄떡펄떡 뛰는 몸 운동이야. 저 생생한 몸짓들, 내 안
으로도 설레설레 푸른 줄기를 뻗쳐 온다 그래, 나도 사랑해

그러니까 뛰어 봤자

하늘을 자주 쳐다볼게
밤이면 나를 향해 깜빡이는 저 별들의 머나먼 땅들을 바라볼게
그 땅에서도 살고 있을 너희들을 생각할게
그 삶의 숨소리에 하나하나 귀 기울일게
내가 가늠할 수 없는 저 먼 곳을 내가 가늠할 수 있도록 가까이 더 가까이
끌어당길게 끌어당길수록 내 안에 힘이 고이는 걸 느껴
단비처럼 햇빛처럼 내게 고인 힘을 이 땅 위에다 뿌려줄게
이 땅 위의 너희들에게 모두 뿌려줄게
나무들이 풀들이 하늘을 향하고 있는 모습들 눈물겨워
물 머금은 병아리들이 하늘 보며 꿀꺽 물 넘기는 소리 들어봐
땅굴 속의 두더지도 풀숲의 들쥐들도 머리를 내밀고 하늘 보러 밖으로 나오는 걸 봐
우리가 살고 있는 지구라는 별도 하늘 품에 안겨 있잖아
저 풀들도 풀벌레도 하늘 품에서 꽃 피우고 하늘 향해 파르르 파르르 날개 떨며
고운 소리를 내잖아
내 안도 하늘인 걸 내 안에 펼쳐진 하늘을 향해 귀 기울이는 너희들 살아 숨 쉬는 소리가 들려 그 숨소리들 바로 내 숨

소리야

　내 안에 둥글게 들어와 안기는 소리

　지구가 둥근 건 하늘이 보듬어 안고 있기 때문이야

　우리들 모두 보듬어 안고 있는 하늘을 봐

　살다 살다 힘들 때 하늘 한번 보면 마음이 둥글둥글 풀
리는 걸 느껴

　아 아 아 한숨을 토하면 하늘이 다 받아주잖아

　그래 그렇게 숨이 다하면 하늘에 돌아가 안길 수 있다
는 걸 알아

　그러니 그 누구도 뛰어 봤자 하늘 속이지

　이 세상 저 세상 다 하늘 속이지

제3부

경계를 지우다

아파트 출입문을 열자 문 앞에 새가 한 마리 떨어져 있다
어쩌다가……
조심스레 손으로 집어 드니 머리를 툭 떨군다
아직 몸에 온기가 남아있다
아 방금 숨이 멎었나 보다
안과 밖의 경계가 보이지 않는 출입문 유리에 머리가 심하
게 부딪쳤나? 보다
벌써 새의 영혼이 어디론가 날아갔는지 두 눈이 꼭 닫혀 있다
이제 안과 밖이 필요 없어졌나 보다
저 날렵한 몸과 깃털들을 벗어버린 새는 어떤 모습일까
저 허공중 어디서 나를 내려다보고 있을까
보이지 않는다고 없는 건 아니라고 누군가 말했다
보이지 않는 새 한 마리 내 안으로 날아 들어온 날 아침
새가 버린 새의 뻣뻣해진 몸을 나무 밑에 묻어준다
토닥토닥 흙을 덮어준다
새와 나의 경계가 없어졌다

바람하고 노는 법

바람이 와서 창문을 두드렸다
나는 창문을 열어주었다
바람은 창턱을 넘어 들어와 집 안을 제 맘대로 돌아다녔다
강아지와 놀고 고양이와 놀고 거북이와 놀고
꽃들하고도 놀았다
식탁 위에 올라가 뛰고 책장 선반마다 올라앉아 뒤적거
리고 또
너풀너풀 커튼을 흔들며 한참 놀다 지루해졌는지 해가
질 무렵
해를 따라 다시 창턱을 넘어서 돌아갔다

나는 온종일 심심하지 않았고
나는 누구도 보고 싶지 않았다
언제 또 올 거니?
묻지도 않았다

고양이의 하늘

고양이 한 마리가 낮은 포복으로 잔디밭을 기었다

살금, 살금거리는 기척에 바닥을 쪼던 한 쌍의 평화가
후다다닥
공중으로 날아올랐다

그렇게 허공이 한번 활짝 날갯짓을 했다

고양이 동공처럼 푸르고 깊은 저 허공 속에서 이따금씩
보이지 않는 것들이 화들짝 나타나 보일 때가 있다

아주 짬깐 허공이 열렸다 닫히는 순간이 있다

하얀 밤

보름날 밤이다

아파트 공터에 개망초들 하얗게 피어있다

이 밤에 누가 옥양목 이불 홑청을 빨아 널어놓은 듯하다

저 고요로운 흰빛의 정감이 마음에 오소소 배어드는 밤이다

넓게 펼쳐놓은 이불솜에 하얀 홑청을 씌워 홈질을 해나간다

엄마는 저쪽에서 나는 이쪽에서 바늘귀에 달빛 실 길게 늘여 꿰어

이불깃에 푹 박았다 빼고 푹 박았다 빼고

엄마와 나와 함께 포근한 이불 한 채 짓는 밤이다

이승과 저승을 한 땀 한 땀 꿰매고 있는 밤이다

약속
—길고양이에게

저녁 무렵 고양이가 밥을 먹고 있다
내가 갖다준 밥을 먹고 있다
나는 나무 기둥에 등을 기대고 서서 고양이가 밥을 먹는
모습을 지켜보고 있다
허겁지겁 허겁지겁 밥을 다 먹은 고양이가 마침내 배가
부른지 기지개를 쭈욱
켜고 입술을 핥으며 나를 힐끗 쳐다보곤 어디론가 간다
한동안 배가 든든하겠지 마음도 든든하겠지
나도 집으로 돌아간다
고양이는 내일을 걱정하지 않겠지
밥그릇은 항상 그곳에 놓여 있고 빈 밥그릇은 또
가득 채워져 있을 테니까
고양이는 내일을 모르니까 내일도 언제나 오늘이니까
나는 고양이에게 무언의 약속을 한다
그리고 또 나는 기다린다
내일의 고양이 내일의 오늘을
고양이가 와서 맛있게 밥을 먹는 저녁을
가끔은 배부른 고양이가 힐끗 나를 쳐다보고 또
흙바닥을 기분 좋게 뒹굴어도 보는 그런 저녁에 나는 또
기분 좋게 집으로 돌아오는 것이다

구름낙타

오늘 아침 버스 정류장으로 가는 길에서 새 분홍 스커트
를 입은 나팔꽃 아가씨가

방긋 웃으며 인사를 했습니다

점심으로 김밥 한 줄을 사서 먹으며 오뎅 국물을 마실 때
국물에 뜬 파 한 조각이

파란 핏줄을 파릇하니 세워 보였습니다

모란 장에 갔다 돌아오는 길 반쯤 마른 코다리들이 무겁
지? 무겁지? 검은 비닐

봉지 속에서 궁시렁댔습니다

사과 한 봉지, 무 한 개, 시금치 한 단, 파 한 단, 코다리
한 두릅, 물오징어 두 마리, 그리고 또 설탕에 절인 마른 생
강 한 봉지, 모두 검은 비닐봉지 속에서

꺼내 놓으니 너도나도 싱크대 위에 올라앉아 여기가 우
리 집이야? 물었습니다

그래그래, 어디든 내가 마음 놓고 쉴 수 있는 곳이 우리
집이지

저녁 무렵 창밖을 보니 가까운 산마루에 옹기종기 모여
앉아 쉬고 있는 하얀

구름낙타 몇 마리가 보였습니다

구름코끼리

허공이 안이고 허공이 밖이야

반드시 허공을 딛고 일어서야 해

허공은 허공을 알까 허공이 커다란 구름코끼리인 줄 알까

허공은 허공, 코끼리는 코끼리, 서로서로 끼리끼리가 아닌 줄을 알까

허공, 불러도 대답 없는 허공, 아니 나는 들을 귀가 없는 걸까

너를 만나고 싶었어 꼭 그곳에 있는 허공, 너를 꼭 만나고 싶었어

그래, 언젠가 허공이 허공을 붙잡고 펑펑 울 날이 오겠지, 그때 벌써 심장은 제멋대로 뛰어 달아나겠지, 괜찮아 괜찮아,

뛰어 봤자 허공 속이야

허공이 허공의 어깨를 다독여 주고, 허공이 허공의 눈물을 닦아주고, 허공이

허공의 언 발을 따뜻이 씻겨 주고, 그럴 거지? 그렇게

허공에 아주 예쁜 조그만 문을 달아줄께, 어서

허공을 열고 허공을 내다봐 줘

다정하게 코끼리를 부르는 소리도 들려줘

허공이 내 안이고 허공이 내 밖이야

슬픔은 어디서 오나

혼자 산길을 가다 보았다

푸른 이끼에 덮여 제 몸을 가린 바윗돌, 그 아래 물에 저벅거리는 땅

누가 먼저 밟고 지나갔는지 내 앞의 발자국들 움푹움푹 파여 있다

그 발자국들 위로 내 발자국을 겹쳐 올리며 나도 건너가고 있다

저 땅속 어딘가에서 물 마를 새 없는 슬픔이 스멀스멀 배어 나오고 있는 것

같다 어쩔 수 없이 발을 딛고 가야만 하는 생, 반쯤 빠져 버린 신발에 진창 물이 흠뻑 젖어 든다

후다닥 발을 빼고 다시 딛고 다시 빼고 건너다 보면 진창 속에 빠져 건너던 생도 마침내 진창 속에서 빠져나올 때 있다

무거워진 다리 하얗게 바랜 바위 등에 잠시 걸쳐놓고 가쁜 숨 내뿜는다

한 숨 한 숨 허공으로 가볍게 날려 버린다

저 허공 속으로 내가 날려 버린 것들이, 나를 떠나 이미 허공이 되어버린 것들이

서늘한 바람을 데려와 가만가만 나를 흔든다

나는 가만히 흔들린다 이 무언가

　　내 속에서 뭉클대는 것들이 나도 모르게 내가 외면해 버
린 것들이

　　알면서도 모른 채 한 것들이 속 깊은 곳에서 검은 눈을 반
짝이며 나를 숨어보고 있다

　　나는 울먹울먹 흔들리고 있다

　　나를 흔들어주는 이 무언가, 한 걸음 쉬며 생각하느니 때
론 슬픔도 촉촉하고 부드러운 벨벳처럼 포근하구나

　　나는 푸른 이끼 옷을 둘러 입은 바윗돌처럼 앉아서

집으로 가는 길

빗줄기가 제 발목을 똑똑 부러뜨리며 걸어가고 있다
아스팔트 길에는 몽땅몽땅 부러진 비의 시간들 질펀하고
그 길 위로 내가 질척질척 걸어가고 있다 그런 시간에
누군가 감청빛 우산을 들고 또박또박 걸어서 마중 나오는
시간은 있다
은빛희망의 꼭지가 달린 여덟 가닥 팽팽한 우산의 날개깃
을 펴고
누군가 연자줏빛 불빛 내음을 쿵쿵거리며 걷는 걸음걸음마다
찍힌 발자국들 순간순간 지워버리는 그런, 길에서 맞닥뜨린
세상 모든 저녁은 차츰차츰 저물어가고 아니 무르익는다
고 할까
이제 다음 세상의 문이 곧 열린다고 할까 그곳에선
모든 무거운 발걸음들 그림자처럼 사라진다고 더 이상 축
축하지 않고
무겁지 않은 그런 시간이 있다고
아주 개운하게 두 발 들어 올리는 그런 시간이 있다고
나는 너의 너는 나의 근심들 무심히 흘려보내는
저 밖에서 빗줄기가 제 발목을 똑똑 부러뜨리며 세상 길을
걸어가고 있다

더없이 달콤하고 더없이 쓰디쓴

그대라는 구름 위에서 놀았지
그대라는 풀밭 위를 걸었어
그대는 없는 그곳에서 없는 그대의 손목을 잡고
없는 그대의 목소리를 들었어
나는 귀를 기울이며 없는 그대를 찾아다니고 있었지
없는 그대라는 말, 너무 멀고 아득한, 거친 길 위에서
발끝을 차는 돌멩이들, 뼈아픈 돌멩이들, 없는 그대가
내던져 버린 돌멩이들, 없는 그대라는 이름이 울먹울먹
해지는
구름 위에서 나는 자꾸만 목이 메었지 없는 그대라는 풀
잎이 내 발목을
휘어 감았어 없는 그대의 풀잎에 휘어 감겨 휘청거리는
나는 참, 없는
그대라는 구름 속으로 자꾸만 파고들었어
더없이 달콤하고 더없이 쓰디쓴 목소리의 없는 그대가
구름 속에서 내 손목을 잡아끌었어
잡으려 하면 잡히지 않는 없는 그대의 이름을 부르며 나는
어딘 줄도 모르는 그대라는 길을 따라서 걸었어
없는 그대라는 구름 위
없는 그대라는 풀밭

한 소식

연꽃 피었다는 소식이어요
2007년 7월 19일자 중앙일보 29면 "세상 돋보기"에 띄운
진주 덕진 공원 연꽃들이 봉긋봉긋 솟아올랐어요
분홍치마 뒤집어쓰고 인당수에 몸 던진 심청이 혼령처럼
앳되게 솟아올랐어요
심 봉사 눈 뜨듯 연꽃 봉오리들 눈 활짝 떴네요
바람의 전설들 구절구절 물결 일으키는 내 마음 호수에
연꽃잎 치마 주름주름 말씀으로 펴놓고
연꽃 보러 가는 바람이 아니고 연꽃 보고 오는 바람같이
살짝 다녀가시는 미당 선생님 모습도 보여요
몸도 마음도 이젠 아주 없이 오시는 듯 가시는 모습이 보여요

물의 이름

내 몸에 흘러 들어온 물들이 내 몸의 골짜기를 돌고 돌아
어디론가 흘러간다
어디선가 와서 어디론가 흘러간다

눈물 콧물 땀방울 핏방울 오줌 방울 물방울 빗방울
이슬 우물 샘물 약수 도랑물 냇물 강물 호수 연못
바다 폭포 얼음 눈 비 구름 안개
때론 맑고 때론 흐리고 때론 또랑또랑하고 때론 고요하
고 때론 세차고
때론 잔잔한 물 물살 물결 파도

내 몸을 돌고 돌아 나를 일으켜 세우는
내 몸짓 내 울음 내 숨통
물의 이름들

까마귀 울음소리

각 각 각 각
이따금씩 하늘이 한 말씀 하신다

각 각 각 각
까마귀 입을 빌려 한 말씀 하신다

각 각 각 각
언뜻 귀담아듣는 이에게 좌우명 한 말씀 들려주신다

사이가 좋다

나무와 나무 사이, 집과 집 사이, 너와 나 사이
사이가 좋다 사이가 투명하다
투명한 속으로 깊게 들이쉬는 바람, 따뜻이 스며드는 햇빛
사이가 있어 너에게 손을 뻗고 포옹하고 사이가 좁아 숨
이 막히면 다시
사이를 만든다
사이가 있어 네가 있고 내가 있다
사이가 있어 전화를 하고 문자를 띄우고 이메일을 보낸다
그 사이에 푸른 강물이 흐르고 회오리바람이 불고 찬 빗
줄기가 내린다
사이가 있어 너는 내게로 오고 나는 네게로 간다
사이가 있어 걸어서 세계 속으로 가고 사이가 있어 다른
별을 향해 우주선을 쏘아 올리고 사이가 있어 밤하늘의 총총
한 별들을 바라본다
별과 별 사이에 꽉 차있는 어둠을 바라본다
어둠과 어둠 사이에 내가 있다 깜깜한 어둠 사이에서 내가
꿈틀거린다 살아있다

생각하는 집

오늘은 저 창문 넘어 보이는 산등성이를 넘어가자 늘 바라만 보던 저 산을

드디어 넘어가 보자 생각이 등산화를 신고 생각이 주머니 많은 조끼를 입고

생각이 도시락 넣은 배낭을 메고 생각이 투명 플라스틱 물병을 차고 생각이

챙이 달린 카키색 모자를 쓰고 저 산등성이 넘어 더 먼 생각의 산등성이를 넘어가자

더 이상 쫓아오는 생각 없는 생각으로 버텨 선 생각의 장군바위 칼바위 솟대바위

처녀바위 생각의 만장봉 선인봉 신선봉 주봉을 넘어 넘어 어느 아주 낯선 생각의 숲으로

들어서자 키 큰 나무 나무 푸른 생각의 그늘이 드리워져 있는 생각의 오솔길을 걸어가자

생각의 원추리꽃을 피우고 생각의 마타리꽃 참나리꽃 생각의 노루오줌꽃 생각의 산작약

산목련 때죽나무 꽃을 피우고 하얀 생각의 꽃잎 떠가는 생각의 계곡물에 풍덩 생각의

발 담그자 생각의 물소리들이 생각의 발가락 사이사이로 똘랑똘랑 통과하는 소리를 듣자

생각의 귀는 대문처럼 열어두고 생각의 휘파람새 소리 생각의 딱따구리 소리 생각의

후투티 소리 온갖 생각의 산새 소리들을 산바람 속에 놓아 보내자 생각의

머릿속을 지나 생각의 가슴속을 지나 생각의 발바닥 밑으로 지나가게 하자

오늘은 훌훌 생각의 창문을 뛰어 넘어가자 거침없이 생각의 바람 부는 매일매일을 훨훨 휘이휘이 날아가자

제4부

나를 실감하다

비둘기들이 꽃사과 나무에 매달려 주렁주렁 열린 빨간 열
매들을 따 먹고 있다

양 손바닥으로 간신히 움켜잡을 만한 덩치의 저 비둘기들,
그렇지 않아도

휘어져 부러질 듯한 꽃사과 나무 굵지도 않은 이 가지 저 가
지에 저도 마치 커다란

열매인 양 염치없이 매달려 빨갛게 여문 함박꽃 봉오리만
한 열매를 부리로 물고

비틀어 한 알씩 따 먹는 모습 바라보고 있자니 나도 모르게
숨이 꼴깍 넘어간다

오늘 하루 저 꽃사과 나무가 치러내는 생의 무게를 나는 가
늠하기 힘들다

다만 꽃사과알들 한 알 한 알 줄어드는 마음의 무게를 조
금쯤 실감할 뿐

저 꽃사과알들 미련 없이 다 주고 나면 저 버거운 시간의
덩치들 다 떠날 것이고

마침내 빈 가지들 너울너울 흔들고 있는 꽃사과 나무의 가
벼워진 모습을 다시

실감할 뿐

꽃사과 나무를 보며 모처럼 나도 나를 실감해 보는 저녁이다

몸살

꽃들이 햇살들을 오물오물 씹었다 뱉었다 씹었다 뱉었
다 한다

이빨도 없이 잇몸도 없이

오물오물 잘 씹어 반죽된 햇살들을 베란다 바닥에 국수
가락처럼 펼쳐놓는다

며칠 동안 몸살로 노곤해진 몸을 일으켜 베란다에 나와
앉은 오후 시간

햇살들이 내 몸에 국수 가락처럼 달라붙는다

국수 가락 같은 내 몸을 꽃들이 오물오물 씹었다 뱉었다
씹었다 뱉었다 한다

이빨도 없이 잇몸도 없이

꽃들이 씹어 뱉어낸 녹신녹신해진 몸이 웬일인지 하나
도 아프지 않다

오랜만에 내다보는 창밖, 그동안 아팠던 세상 골치가 투
명한 창유리처럼

맑게 갠 듯하다

이빨도 없이 잇몸도 없이

새

잎사귀 한 잎 없는 그 나무 가까이 다가갔을 때
이상한 비명 같은 소리가 들렸다
찌르르르륵 찌르르르륵
올려다보니 누가 던져 올린 거무튀튀한 돌멩이 하나
걸려 있다, 아니 매달려 있다 까딱까딱 매달려 있는 돌, 아
니 새다
한주먹 하는 손이 이얏! 하고 던져 올린 돌, 아니 새다
한주먹도 안 되는 새의 머리통이 갸웃갸웃 나를 내려다본다
돌 대가리 같은 내 머리통 위에서
찌르르르륵 찌르르르륵 번민하는 새
골치 아픈 생각의 마른 잎들이 떨어져 즐비한 그 나무 아래
잠시 멈춰 서서
그래 이 깜깜한 돌 속 같은 내 머리통 한번 힘껏 내리쳐 봐
깨뜨려 놔 봐

겨울, 천변

찬바람 분다
갈대들이 남쪽으로 일제히 몸을 기울여 잿빛 머리칼을 날린다
갈대의 숱 많은 뒤통수가 수직으로 갈라진다
뽀얀 가르마길이 드러난다

물 위에 떠있는 오리 몇 마리 무슨 생각인지 훌쩍 날아올랐다
멀리는 가지 않고 가까운 물 위에 다시 내려앉는다
다시 아무 일도 아니라는 듯 하나둘 머리를 물속으로 들이
민다
물속의 물고기들에게 춥지는 않은지 안부 묻는 듯하다
털도 없고 맨몸인 물고기들 차라리
오리 배 속이 따뜻할 거라는 듯하다

그래그래
찬바람에도 내 몸을 감싸 주는 오리털 코트는 정말 따뜻하다
내 속의 피들을 따뜻이 데워준다
지금 이곳에 머리칼을 날리는 갈대도 오리도 물고기도 나
도 함께 있다
함께라는 말 참 따뜻하다
그러니까 얘들아 추워도 춥지 않지?

모자

그는 늘 모자를 쓰고 다녔다

나는 그의 모자를 벗겨 보고 싶었다

항아리 뚜껑을 열어보듯 열어보고 싶었다

그 속에는 무엇이 들어있을까

그의 얼굴이 금세 빨개졌다

괜찮아 괜찮아 뚜껑을 다시 닫으면 되잖아

그의 표정이 그의 내용물이다

모자 속에 담긴 그의 빨개진 얼굴

슈퍼 문

오늘 밤 저 커다란 달의 가장자리를 다 걸어보리라
옛날에 말도 못 붙이고 바라만 보았던 내
첫사랑도 만나보리라
만나서 이제는 담대히 말도 건네보리라
여태까지 마음에 담아온 말들 모두 꺼내어
그의 가슴에다 조근조근 풀어놓으리라

저 커다란 달의 가장자리 한없이 걸어서
집으로 돌아오는 밤
아득하게 창밖을 내다보던 누군가 훌쩍
밤하늘을 날아오른다
달의 가장자리로 뽀드득뽀드득 발 딛는 소리
들린다

세상에서 이쁜 짓

고양이가 화장실 하수구 옆 타일 바닥에다
똥을 누고 있다
엉덩이를 엉거주춤 내린 채
(똥 떨어질 자리에 맞춤하게)
앞발 한쪽을 살짝 들어 올리고
(똥 묻을까 봐)
두 눈은 벽에 단단히 고정시킨 채
(넘어지지 않으려고)
똥을 다 눈 고양이가 타일 바닥을 박박 긁는다
(바닥에다 제 똥 묻으려고)
똥을 가운데 두고 왼쪽 세 번 오른쪽 세 번
앞쪽도 세 번 뒤쪽도 세 번 긁고
조용히 밖으로 나온다
화장실 안에서 똥 향기가 몽실몽실 따라 나온다

불면

밤새 개구리들이 내 눈꺼풀 위에 올라앉아 울어요
두 눈이 퉁퉁 붓도록 울어요
내가 밤새 꾸어야 할 꿈을 갈퀴 같은 네 발로 움켜잡고 울어요
내 연잎 같은 꿈을 우산처럼 펼쳐 들고
내 연서 같은 꿈을 주룩주룩 훑어 먹으며 울어요
그러니 나는 잠을 잘 수가 없어요

밤새 하염없이 너를 찾아 나를 찾아 개구리들이 울어요
밤새도록 빚어내는 사랑이 아직 다 여물지 못했나 봐요
다 여물지 못한 개구리 울음들이 내 배 속에서
설익은 열매처럼 우르르 우르르 쏟아져요
그러니 나는 잠을 잘 수가 없어요

밤새 개구리들이 내 배 속에서 내 머릿속에서 내 심장 속에서
풍덩풍덩 자맥질하며 울어요
울면서 내 몸속을 펄쩍펄쩍 뛰어 돌아다녀요
너를 찾아 나를 찾아 하염없이 울며 돌아다녀요
그러니 나는 잠을 잘 수가 없어요

두 눈을 그린 듯이 감고
울음 없이 되돌려 볼 수 있는 꿈을 꿀 수가 없어요

수평선

거기, 시름 깊어 시퍼런 가슴을
넓은 하늘이 틈 없이 포개고 있네
이마와 이마
가슴과 가슴
배와 배를
말없이 포개고 있네

저 허물 수 없는 완강한 포옹
저 한없는 하늘에

잿빛 갈매기 한 마리 떠서 끼룩거리네
눈 시려 가늘게 뜬 실눈 속에서
내가 오래 일렁이네

동지 일기

주먹만 한 참새 떼들이
겨울나무 앙상한 가지에 모여 앉아있는 걸 보았습니다
마치 풍성한 나무에 주렁주렁 매달려 있는 침묵의 열매
들처럼
쨱 소리 하나 내지 않고
노상 재잘대던 참새들의 입부리를 잠시 잠가놓고 있는 듯
했습니다
더욱 추워진 영하의 날씨에 나무가 하고 싶은 말들을
참새들 앞가슴 속에다 한참 품어 녹이고 있는지도
그 말들 다 녹여 한꺼번에 쨱쨱구르르르 쏟아 내놓을는지도
모른다고 나는
가슴 두근거리며 지켜보았습니다
한껏 추웠던 내 속의 침묵이 참새의 앞가슴처럼 둥글게
부푸는 듯
했습니다
그대에게 퍼내 줄 말들이 내 앞가슴에 새의 깃털처럼 따
스하게
돋아나는 듯했습니다 마침내
한 나무에게서 따뜻하게 익은 침묵의 말들이 화르르르 날
아올라
다른 추운 나무에게로 가는 걸 보았습니다

그 흰빛

숲속 나무들 바싹 마른 나뭇잎들을 바닥에 거의 다 내려놓은
산 중턱쯤
철 지난 키 작은 까마중 한 포기

이제 막 흰빛의 조그만 꽃 한 송이 피워 놓고 있는
몇 가닥 펼친 가지 끝에 더 피워야 할
자잘한 꽃망울들 한 웅큼씩 움켜쥐고 있는

어느 먼 곳에서 왔는지, 왜 이렇게 늦게 도착했는지
알 수 없는
그동안 찬 서리 몇 번쯤 얻어맞았는지
끝이 자줏빛으로 멍든 잎들 바짝 쳐든 채
처연히 버티고 있는
그토록 간절한 무언가를
하늘을 향해 열심히 떠받들고 있는

저 작디작은 조막손 같은 꽃 한 송이
그 흰빛

횡재

살얼음 낀 물에서 놀던 물오리 입부리 끝에서 반짝!
빛나는 걸 보았지요
오리 입부리에 결사적으로 매달린 작은 은빛의 물고기를
보았지요

처음 물 밖으로 나온
무리 중에 선택되어 공중 들림 받은
흐르는 물이 끊임없이 정수해 올린
작은 물고기가
온몸으로 헤엄쳐 낸 생의 빛, 저 반짝임

오리 입부리 속으로 단숨에 삼켜지기 전
한순간 불똥 튀어
내 혼에 옮겨붙은, 그
살아 푸들푸들한 시 구절을
비린내도 안 남기고 한입에 꿀떡
삼켰지요
물오리도 나도

낮과 밤

나와 함께 사는 고양이 형제들

꽃을 좋아하고 삐치기를 잘하는 검정이와
엉뚱하고 높은 곳을 좋아하는 갈색 줄무늬

서로서로 제 혀가 닿지 않는 뒤통수도 핥아주고
목덜미도 핥아주고

나와 함께 잠을 자는 고양이 형제들

검정이는 왼쪽에서 몸을 오그리고
갈색 줄무늬는 오른쪽에서 사지를 뒤척이고

매일처럼 얼키는 듯 다투는 듯 뒤섞이지 않고 비껴가는
낮과 밤

꿈속인듯 꿈 밖인듯
나와 함께 살고 있는 고양이 형제들

고구마 줄기가 가는 곳은 어디인가

시든 고구마 한 개 물에 담가두었다
며칠 후 스스로 내민 줄기 몇 가닥 파랗게 뻗는다 겁도 없이
저 한없는 허공 속으로 기어오른다

물 바닥에는 언제 저렇게 생겨났는지 실뿌리들
번민처럼 수북히 깔아놓고 부어주는 물 쭈룩쭈룩 빨며
길게 더 길게 덩굴손들 뻗친다

저 몸짓들 어디론가 가는 듯도 하고 또 어디선가 오는 듯
도 하다

거기 그곳에서 오래 버텨온 시간처럼 벌써 힘이 든 듯
줄기 곳곳에 피워 놓은 파란 잎들 사이 노랗게 시든 잎 몇
장 내보인다
바닥에 떨군다 꿈처럼

사십 고개 넘으면 제 얼굴에 책임을 지라고 했던가
너울너울 살아온 세월의 얼굴에 처연히 배어나와 어른대
는 그늘이 깊다

>

들숨 날숨 허리 구부렸다 펴는 사이 새파랗던 잎들 헐겁게 떨궈내고

훌훌 늘어뜨린 생의 굴곡이 마치 혼신으로 피워 올린 춤사위다

저 고매한 몸짓 그냥 그대로

투명한 허공의 입이 넙죽넙죽 받아먹고 있다

꽃불

달포 전이지요
산수유나무에 직박구리들이 모여 앉아 겨우내 매달려 있
는
산수유 열매를 따 먹고 있는 걸 보았지요

무슨 꼭 그래야만 하는 어떤 일이 있는 듯 어쩌면
어떤 중요한 일을 앞두고 서둘러 해야만 하는 일인 듯
윗가지 아래 가지 옹기종기 몰려 앉아 찌르 찌르르 찌르
찌르르
혀를 굴리며 콕콕 찍어 먹는 모습들 보기에 참 좋았지요

그렇게 달포 후인 오늘 또 보았지요
산수유나무 가지가지마다 촘촘촘 꽃불 켜놓은 걸
그 환하디환한 광경을
입도 뻥긋 못 하고 바라보았지요

직박구리들 제 할 일 다 하고 어디로 갔는지 보이지 않는
초저녁이었지요
내 마음 덩달아 속속들이 꽃불 켜져 환하디환한 저녁이
었지요

해   설

경계를 지우려 가는 시, 지우고 오는 시

이병철(시인, 문학평론가)

이나명의 시에서 시적 주체들은 어디론가 가려 하거나 어디선가 오는 것들을 기다린다. 이나명은 시종일관 "나무들은 다 어디로 간답니까"(『허공에 묻다』), "고양이는 발가벗은 채 어디로 갔을까"(『투명 고양이』), "간밤에 울던 어둠 속 벌레들은 다 어디로 갔는지"(『나무 의자』)를 질문하거나 "생의 끝에 오는 이 단단한 침묵"(『너를 본다는 건』), "내 안에 둥글게 들어와 안기는 소리"(『그러니까 뛰어 봤자』), "우주에서 날아온 새 한 마리"(『새 한 마리』)를 기다린다. 현실 공간 너머로 나아가려는 관성을 원심력으로, 타자의 본질적인 이질성을 끌어오려는 중력을 구심력으로 삼는 이나명의 시는 궁극적으로 "안과 밖의 경계가 보이지 않는"(『경계를 지우다』) 어우러짐의 세계를 지향한다. 옥타비오 파스가 말한 조화와 상응의

우주, 즉 '아날로지Analogy'를 향해 가는 이 도정에서 이나
명은 자연에 대한 활달한 상상력으로 언어가 발을 딛는 자
리마다 환한 등불을 매달아 주고 있다.

현실 공간이 협소할 때 주체는 현실 바깥으로의 탈주를
끊임없이 모색한다. 이나명의 시에서 유난히 '가다'라는 동
사형 어휘들이 많이 등장하는 것은 주체의 탈주 열망이 언
어로 표출된 결과라고 볼 수 있다. "나를 데리고 말이 어디
론가 가고 있"(「꿈을 꾸었다」)는 탈주의 꿈은 이나명이 현실 공
간을 일종의 디스토피아Dystopia로 인식하고 있음을, 어딘
가에 있을 유토피아를 탐색하고 있음을 증언한다. 이나명
에게 '지금, 여기'의 삶은 "자책의 새장 안"(「나는 내가 오래전
에 한 일을 알고 있다」)이며, "골치 아픈 생각의 마른 잎들이 떨
어져 즐비한 그 나무 아래"(「새」)다. 이나명은 허무와 고통,
온갖 부자유와 한계로 가득한 현실을 벗어나 "어디든 내가
마음 놓고 쉴 수 있는 곳"(「구름낙타」)으로 나아가려 한다. 그
곳에는 "저 꿈틀대는 빛들의 생생한 몸짓들"(「나무 의자」)과
"고양이가 와서 맛있게 밥을 먹는 저녁"(「약속」)이 있기 때문
이다.

이나명 시의 주체들이 꿈꾸는 탈주 공간, 유토피아는 과
연 어떤 곳일까? 빛들의 생생한 몸짓과 고양이가 맛있게 밥
을 먹는 순간이 있는 곳은 인간이 자연과 조화를 이룬 무
위자연無爲自然의 세계가 아닐까? 그곳은 어쩌면 예술 창작
의 장소인지도 모른다. 시는 빛에 의해 시시각각 모습을 바
꾸는 사물의 감각적 인상을 언어로 옮겨 내는 예술 행위이

며, 또 타자의 이질성을 수용함으로써 나와 너, 여기와 저기, 삶과 죽음 등 이분화된 경계를 무화시키는 화해의 방법론이기 때문이다. '가다'의 짝으로 '오다'가 제시될 때, 가는 것과 오는 것이 균형을 이룬 '자연'이라는 질서 안에서 이나명의 시는 환한 빛으로 세계의 모든 경계를 지우고, 시적 주체들은 타자와의 교감과 상응을 통해 아날로지의 동질성을 완성한다.

양말을 벗고 계곡물에 두 발을 담갔다
금세 두 발목에 서늘한 물 금이 그어진다
발가락들이 흰 자갈돌이 되어 물속으로 데굴데굴 굴러간다
발등을 씻던 손가락들도 손가락만 한 물고기가 되어 찰
방찰방 물속에
숨어든다
물속을 들여다보는 내 두 눈도 희고 맑은 물방울이 되
어 말똥말똥
흘러간다
전신에 물소리 소리 차오른다
어디에서 흘러온 내가 또 어딘가로 흘러 흘러간다

—「하산」전문

위 시에서 양말은 기술 문명의 은유다. 양말과 신발을 만들어 신으면서 인류는 흙, 돌, 물과 맨살을 비비던 촉각을 잃어버렸다. 자연과 인간 사이에는 인조피혁, 라텍스, 나

일론 등 인공 물질들이 장벽으로 놓인 지 오래다. 위 시의 화자는 "양말을 벗고 계곡물에 두 발을 담"근다. 양말을 벗고 계곡물에 두 발을 담그는 행위는 인간 중심의 기술 문명 사회에서 원시 자연으로의 회귀를 의미한다. 현대성이라는 갑옷을 벗고 자연 앞에 알몸으로 투항하는 순간 화자는 "발가락들이 흰 자갈돌이 되어 물속으로 데굴데굴 굴러"가는 자기존재의 전환, 자연과의 합일을 체험한다.

결국 이나명의 시에서 주체가 끊임없는 탈주를 통해 도달하려는 곳은 "전신에 물소리 소리 차오"르는 낭만적 자연 세계다. 양말을 신고 있는 동안 화자와 계곡물은 서로에게 그저 타자와 타자일 뿐, 어떤 내밀한 관계도 가질 수 없는 철저한 이질 존재다. 그러나 화자가 양말을 벗고 맨발로 계곡물 안에 들어갈 때, 도무지 좁혀질 것 같지 않던 기술 문명 시대 인간과 상처 입은 자연의 간극이 극복된다.

타자를 통해서만 '나'라는 존재를 이해할 수 있다고 말한 건 에마뉘엘 레비나스다. 그는 타자와의 만남이 "특별한 초월의 경험과 경이로운 무한 관념의 계시"를 가능하게 한다고 주장했다. 자연과 합일한 화자가 "어디에서 흘러온 내가 또 어딘가로 흘러 흘러간다"고 고백하는 대목은 레비나스의 타자 철학을 환기시킨다. 화자가 "내 두 눈도 희고 맑은 물방울이 되"는 것을 알아차릴 때, 그 특별한 초월의 경험은 화자로 하여금 자기 존재의 근원이 '물'로 함의된 시간의 유속 안에 있음을 깨닫게 한다. 그 순간 계곡물은 실존이면서 소멸이고 구원이다. 이나명은 실존과 소멸과 구원이 하나라는, '흐름'이라는 동일성 안에 있다는 깨달음을 서늘한 탁족濯足을 통해 설파한다. 물과 시간은 이음동의어나 마찬가지다. 우리는 흐르는 시간에 우리의 현존을 발 담근 채 발가락이 아직 흰 자갈돌이던 옛날, 손가락이 손가락만 한 물고기였던 아득한 시원始原, 우리가 흘러온 곳을 아스라이 추억하고, 영영 흘러갈 곳을 꿈꾼다. 물과 시간, 흐름이라는 우주적 질서의 한 부분이 되는 것이야말로 인간의 실존적 한계를 극복하는 구원이라고, 이나명은 우리에게 말하고 있다.

　　한겨울 눈 내린 담비의 숲으로 가자
　　한 마리 겨울 토끼가 눈 속을 파헤쳐 캐낸 연한 나무뿌
리를 오독오독 씹고 있는
　　눈이 까만 들쥐가 눈 속으로 굴을 파며 도망가는
　　깊은 눈 속에 발이 빠진 암꿩이 퍼덕이다 퍼덕이다 오
도 가도 못하는
　　담비의 숲으로 가자
　　배와 등에 노란 털이 빼곡하고 얼굴과 엉덩이와 꼬리가
까만 담비와 함께
　　나도 배가 고프면 눈 위로 힘겹게 토끼를 쫓고
　　눈 속에 굴을 파고 가다 무서워 숨죽이고 숨어있는 들쥐
를 잽싸게 파 먹고
　　깊은 눈 속에 발이 빠져 퍼덕이는 암꿩을 단숨에 입으
로 물어보자

먹이를 좇다 눈이 깊어 힘이 들면 나무를 타고 올라 나무
와 나무 사이를 건너

뛰고 나뭇가지와 나뭇가지 사이로 내려다보이는 저 희디
흰 산등성이, 발자국 하나

없는 저 적막의 산등성이 위로 화들짝 뛰어내려 보자

푹푹 발자국을 찍으며 거칠게 거칠게 뛰어가 보자

생채기가 지겠지 찢긴 적막의 생채기를 덮으려 흰 눈이
또 소리 없이 내려와 덮어주겠지

담비의 숲에서 담비가 하는 대로 담비 짓을 하다 보면 나
도 담비에 도가 트겠지

담비의 속 내가 훤히 보이겠지 아, 한생이 꿈처럼 지나
가겠지

담비의 똥처럼, 아주 짧게 나의 한 생이 하얀 눈 속에 똑
떨어져 묻히겠지

내가 왔다 간 흔적도 가뭇없이 지워지겠지

　　　　　　　　　　　　　　　—「담비를 찾아서」 전문

이나명은 현대 기술 문명 사회에서 완전한 타자가 되어
버린 자연을 향해 간다. 자연을 통하지 않고서는, 자연과
얼굴을 마주 보지 않고서는 자기 존재를 이해할 수 없다는
사실을 알고 있기 때문이다. 위 시에서도 이나명의 관심은
세속 도시와 멀찌감치 떨어진 야생의 자연, "담비의 숲"으
로 향한다.

담비의 숲이라는 공간이 지닌 고립성은 서로 상반된 두

가지 함의를 갖는다. 첫째는 예술 창작을 위한 자발적 유폐의 공간이다. 이나명은 담비의 숲에서 시인으로서의 자존을 회복하려 한다. 담비는 족제비과 담비속의 포유류로 멸종위기종이다. 활엽수림에는 서식하지 않고 사람이나 천적이 드나들기 어려울 만큼 울창한 침엽수림에서 두세 마리씩 드문드문 산다. 집단 사회에서 멀리 떨어져 단독 생활을 영위하는 짐승인 담비는 세속의 경향이나 유행, 집단 축제와 결별해 고독과 소외를 견디며 자신만의 예술 세계에 천착하는 시인의 메타포가 된다.

시에 나타난 바 담비의 숲은 "한겨울" 추위와 배고픔, 적막이 지배하는 극한의 땅이다. 화자는 자발적으로 이 불모의 숲에 들어선다. 거기서 "담비가 하는 대로 담비 짓을 하"기 시작한다. "배가 고프면 눈 위로 힘겹게 토끼를 쫓"고, "적막의 산등성이 위로" "푹푹 발자국을 찍으며 거칠게 거칠게 뛰어가 보"기도 한다. 그럴수록 세계와의 단절은 더욱 심화된다. 사람들에게서 잊히거나 왜곡된 풍문에 얼룩지기 십상이다. 가난과 외로움도 침엽수림만큼 울창하게 자라난다. 그럼에도 화자는 담비의 야생성을 내면화하면서 시적 영감을 "파헤쳐 캐"내고, 대상의 본질을 꿰뚫는 사유를 "단숨에 입으로 물어보"는 사냥술을 익힌다. 예술 창작은 고정관념과 상투성, 학습된 감각을 찢어 새로운 감수성을 돋아나게 하는 행위이므로 예술가의 영혼에는 언제나 "생채기가 지"기 마련인데, 이나명은 시적 계시와 상상력의 싱싱한 살을 뜯어먹을 때 비로소 "찢긴 적막의 생채기를 덮으려 흰 눈이 또 소리 없이 내려"오는 정신의 치유와 재생이 가능하다는 사실을 잘 알고 있다.

둘째, 담비의 숲은 사회 구조에 의해 고립무원孤立無援이 되어버린 현대인들의 자폐 공간이다. '수저계급론'과 '헬조선'이 심화된 불평등, 부조리의 사회에서는 든든한 배경 없이 혼자서 아무리 노력해도 기득권의 장벽에 가로막힐 수밖에 없다. 그래서 아예 취업, 연애, 결혼, 내 집 장만을 포기하고 냉소적인 태도로 세상을 살아간다. 패배를 수용하고, 더 나은 삶을 향해 나아가려는 의지 없이 자폐 공간에 머무른다. 타자와의 그 어떤 교류도 원치 않은 채 문을 걸어 잠그고 고독 속에 침잠하는 것이다. 반지하 원룸, 옥탑 등의 삶이 바로 그러하다. 이나명은 척박한 겨울 숲에서부터 '혼밥' '혼술' '고독사'에 잠식된 외로운 개인들의 시대를 통시한다. 외부 세계와 단절된 겨울 침엽수림은 오늘날 현대인들이 머무는 자폐 공간의 은유가 된다.

날카로운 바늘잎과 폭설로 뒤덮인 침엽수림은 타자와의 교류가 단절된 현대인들의 삭막한 내면을 암시한다. 오늘날 현대인들은 서로가 서로에게 가시 바늘 돋친 침엽수림이다. 평생 바늘을 세운 채 사는 이도 있고, 바늘에 찔려 계속 피 흘리는 이도 있다. 그러나 바늘에 찔리면서도 고통을 기꺼이 감수하며 침엽수림의 깊은 안쪽까지 들어가고자 할 때, 비로소 우리는 타자를 이해하며 연대의 가능성을 확인할 수 있게 된다. 가시덤불에 찔리기를 각오하지 않으면 숲 속으로 들어가는 오솔길도 찾을 수 없는 법이다.

"생채기"에도 아랑곳하지 않고 숲에 들어선 화자는 그곳에서 단독생활을 하는 예민하고 공격적인 성향의 타자 "담비"와 마주한다. 화자는 '나'를 내려놓고 담비와의 동화同化를 시도한다. "담비가 하는 대로 담비 짓을 하다 보면 나도 담비에 도가 트"는 완전한 이해를 할 수 있으리라 믿으면서, "늦게 와도 괜찮아, 내가 기다리고 있을게. 나는 다만 그대를 따뜻이 녹여 가며 천천히 천천히 아껴 먹고 싶을 뿐"(「늦게 와도 괜찮아, 내가 기다리고 있을게」)이라고 차분히 설득하고 또 기다리면서 말이다. 마틴 부버는 "나는 너와의 만남을 통해 성숙한 인격이 된다"고 말했다. 타자와의 관계가 이상적 자아를 완성한다는 것이다. 그러므로 '홀로 서기'란 심각한 오류일 수밖에 없다. 개인과 개인 사이 침엽수림이 견고해 갈수록 교류와 연대가 힘겨워지는 시대이지만, 상처를 기꺼이 감내하면서까지 무관심과 개인주의의 숲으로 들어가 새소리 물소리를 내고 오솔길을 열어 간극을 좁힐 때 세상이 보다 아름다워진다고, 이나명은 믿고 있다. 그렇기에 그녀는 끊임없이 타자에게로 나아간다.

> 아파트 출입문을 열자 문 앞에 새가 한 마리 떨어져 있다
> 어쩌다가……
> 조심스레 손으로 집어 드니 머리를 툭 떨군다
> 아직 몸에 온기가 남아있다
> 아 방금 숨이 멎었나 보다
> 안과 밖의 경계가 보이지 않는 출입문 유리에 머리가 심

하게 부딪쳤나? 보다

벌써 새의 영혼이 어디론가 날아갔는지 두 눈이 꼭 닫
혀 있다

이제 안과 밖이 필요 없어졌나 보다

저 날렵한 몸과 깃털들을 벗어버린 새는 어떤 모습일까

저 허공중 어디서 나를 내려다보고 있을까

보이지 않는다고 없는 건 아니라고 누군가 말했다

보이지 않는 새 한 마리 내 안으로 날아 들어온 날 아침

새가 버린 새의 뻣뻣해진 몸을 나무 밑에 묻어준다

토닥토닥 흙을 덮어준다

새와 나의 경계가 없어졌다

—「경계를 지우다」전문

이나명은 '나'에서 '타자'로 옮겨가는 주체의 이동과 새로
운 관계 맺기를 통해 기성 세계의 재편을 도모한다. 낡은
세계의 재편은 기존 법칙들이 설정해 둔 구획과 경계를 허
무는 것에서부터 출발한다. 이 세계가 자아와 일대일 대응
하는 모든 관계들의 총체라면, 나와 타자 사이의 관계를 새
롭게 설정하는 시 쓰기 행위는 고착화된 의미와 견고한 현
실법칙들의 지배를 받는 나와 타자 모두를 자유롭게 풀어주
는 연대 해방의 방법론이 된다. 앞에 인용한 「하산」에서 양
말을 벗음으로 '나'와 계곡물 사이, 즉 기술 문명과 원시 자
연의 경계를 허물었던 것처럼, 「담비를 찾아서」에서 담비와
의 동화를 통해 '나'와 이질적 타자 사이, 특히 자기폐쇄적

인 현대인들 간의 구획을 무화시켰던 것처럼 이나명은 이제 개인과 개인 사이, 집단과 집단 사이, 개인과 집단 사이에 존재하는 차별과 불평등의 경계를 지우려 한다.

위 시에서 새는 "안과 밖의 경계가 보이지 않는 출입문 유리에 머리가 심하게 부딪"쳐 "방금 숨이 멎었"다. 우리 사회에는 '유리 천장'으로 상징되는 차별과 혐오, 온갖 계층 구조의 경계가 견고하게 세워져 있다. 그것들은 너무나 오래되고 일상적이어서 눈에 보이지 않는 투명한 유리 벽이나 마찬가지다. 유리를 허공으로 착각해 머리 부딪쳐 죽은 새처럼, 사회적 약자들은 화려한 경제 성장과 안전한 사회 시스템이 방탄유리처럼 세워놓은 단단한 진입 장벽을 미처 파악하지 못하고 거기 부딪쳐 상처 입고 주저앉는다. 이나명은 그들의 절망과 낙담을 "나무 밑에 묻어준"다. "토닥토닥 흙을 덮어" 함께 슬퍼해 준다. 이 위로와 공감은 결국 "새와 나의 경계가 없어"지는 연대를 가능케 한다.

아니다. 장벽이 세워져 있는 걸 알면서도 온몸을 부딪쳐 그 경계를 무너뜨리려는 이들이 있다. '계란으로 바위 치기' 같지만 사회의 불합리와 불평등, 차별과 폭력이라는 유리 장벽을 향해 끊임없이 도전하는 움직임들이 있다. "보이지 않는다고 없는 건 아니라고" 외치는 그 용감한 몸짓들이 "내 안으로 날아 들어온 날" 시인은 "이제 그만 내 속의 새장을 깨부수고 새들을, 아니 나를/ 저 허공 속으로 훨훨 날려 보내고 싶다/ 내 속의 나를 꺼내 놓아주고 싶다"(「나는 내가 오래 전에 한 일을 알고 있다」)는 전향적 자각을 한다.

"저 꿈틀대는 빛들의 생생한 몸짓들"(「나무 의자」)이 기어
이 유리문을 관통해 쏟아질 때, "너는 내게로 오고 나는 네
게로"(「사이가 좋다」) 가는 인간과 인간의 활달한 교류는 물론
"고양이가 와서 맛있게 밥을 먹는"(「약속」) 자연과의 평화로
운 공생까지 이루어진다. 이나명의 시가 마침내 치유와 회
복의 언어, 아날로지의 구체적 방법론으로 완성되는 순간
이다. 그리고 그때, 이나명의 시는 자연에게로, 타자에게
로 나아가려는 관성과 지향성을 통해 끝내 독자의 심장에
까지 가 닿으며 우리들 "안에 둥글게 들어와 안기는 소리"
(「그러니까 뛰어 봤자」)가 된다. 나는 이 "단단한 평안"(「너를 본다
는 건」)을 "따뜻이 녹여 가며 천천히 천천히 아껴 먹고 싶을
뿐"(「늦게 와도 괜찮아, 내가 기다리고 있을게」)이다.